文學の森
Haiku-Library

句集

穂波

田中義春

文學の森

序にかえて

この度、田中義春氏が句集『穂波』を上梓されるにあたり、心よりお慶び申し上げます。

私が義春氏と出会ったのは、平成二十七年であった。私が担当していた朝日カルチャーセンターの講座に、氏が参加されたことがきっかけとなった。氏はさまざまの俳句歴を経て、野見山ひふみ主宰の「菜殻火」の休刊の後、当時私が主宰していた「玄海」に入会したのである。

本句集を何度も読み進めていく中で、豪放磊落な句風を基調としながらもいくつかの相貌を発見することになった。それらは、大きく三つにまとめられるように思う。まずは、家族愛を詠んだあたたかい貌である。

寒満月嬰児は深く母の胸
母の膝取り合ふ双子四温晴
父と子の話の接ぎ穂夏の月
香春岳背に嫁ぎ来し生身魂
父親は孤高が比ふ寒昴
夏霧や濃き紅さして旅立てり
花の山この切株に父の坐し
妻のゐて母ゐて子ゐて春愁
白玉や最初で最後母の文
合歓の花あの山越えて娘の嫁ぎ
姑にやさしき妻や衣被
厳父慈父ともに父なり鷹渡る

次に、かつて筑豊炭田として栄えた故郷の炭坑の歴史を詠んだ厳しい貌である。

炭住の六畳一間夏の月
炭坑《やま》跡に煙突二本雲の峰
炭坑知らぬ娘の踊る炭坑節
炭労の旗は紅星流る
麦秋も炭坑もはるけき昭和の日
吾にある炭坑の血少し夏祭
ぼた山は名を持たぬ山つづれさせ

最後に三つ目の特色としてあげたいのは、穂波と呼ばれた生地を詠んだ作品である。その生地は、今過疎化という厳しい現実がある。しかし作品に描かれているのは、その厳しい現実を丸ごと包み込んだ郷土愛あふれる貌である。

去年今年堰越え流る穂波川
離村せし人も集ひて墓洗ふ
英彦山の日を背負ひて来たり初鴉

百姓はほどなく三戸春耕す

汪洋に春雲流す穂波川

百姓の一人また消ゆ半夏生

御降りに虹を賜る遠比古嶺

そこで、以上述べたあたたかい貌、厳しい貌、郷土愛あふれる貌をもつ作品群の中から、いくつかの作品を選んで鑑賞していくことにする。

妻のゐて母ゐて子ゐて春愁

妻と母と子と暮らす平凡な日常の中にある幸せを、ゆったりとしたしらべで詠んでいる。そして季題の「春愁」が、その幸せの中にあるひそやかな翳りを読者にやさしく伝え、味わい深い一句になった。

姑にやさしき妻や衣被

姑と妻の関係は、微妙にすれ違ったりする場合が多い。そこにさまざまの葛藤が展開していく。しかし掲句は、「姑にやさしき妻」と、作者は妻に感謝し、そしてあたたかく妻を見守っているのである。そのほのぼのとした趣に、「衣被」という季題が絶妙の効果をあげている。

厳 父 慈 父 と も に 父 な り 鷹 渡 る

掲句もまた前句と同じように、季題の「鷹渡る」と「厳父慈父ともに父なり」が互いにひびき合って作品を奥行きの深いものにしている。「厳父慈父ともに父なり」と、父親像を二つの相貌で表現することによって、より父親の人間性を伝える作品になっている。

吾 に あ る 炭 坑 の 血 少 し 夏 祭

作者の自画像を描いた一句。炭坑の労働者として働くことはなかったが、筑豊炭田に生まれたことによって、自分の血肉に当然宿っている炭坑の血を感じる作者。「炭坑の血少し」は巧みな表現である。

ぼた山は名を持たぬ山つづれさせ

「ぼた山」とは、炭坑でぼたを積み上げた円錐状の山のことである。「ぼた山は名を持たぬ山」という表現によって、日本の近現代の産業を支えた炭坑の盛衰が浮き彫りになっている。日本の近現代の産業発展は、多くの名もなき労働者の血と汗によって支えられてきたのである。感慨にふける作者の心情が、「つづれさせ」という季題によってより深く掘り下げられている。

去年今年堰越え流る穂波川

本句集のタイトルとなっている穂波川という名をもつ故郷の川の写生句である。「去年今年」という季題によって、作者の思いは、目の前の川の景を超えて、これまでの家族の月日、故郷の月日を回顧する。

以上鑑賞した句は、作者の風土に足を据えた作品群である。これから取り上げる句は、普遍的に誰でも共感できる印象に残った作品である。

空蟬を土に還して石一つ

蟬のはかない一生を詠んで、おのずから人生の無常観を伝える一句である。「空蟬を土に還して」と蟬のいのちのはかなさを述べているが、「石一つ」という語を下五に据えたことによって情に流れない重厚な一句になった。

冬の月心の闇の罪と罰

『罪と罰』は、言わずと知れたロシアの文豪ドストエフスキーの代表作の一つである。人間の深層心理が、息苦しいまでに描かれていて、青春時代に一度は手に取った人が多いに違いない。掲句は、自分の心の闇を凝視することによって生まれた一句である。季題「冬の月」が一句を一段と深い世界に引きこんでゆく。

少年に夢老人に春日かな

淡々と自分の境涯をかえりみて、ふとつぶやいた独語がこの一句になった。

句集全体の基調として豪放磊落な句が多いが、老境を淡々と詠んだこの句の世界もなかなか捨てがたい魅力がある。

あらためて本句集をかえりみたとき、あたたかい「家族愛」、郷土の近現代の歴史の象徴である「炭坑」、そして作者が愛してやまない「故郷の穂波」を中心とした作品が多く並んでいる。したがって、本句集は地方の風土に立脚した句集と言ってよかろう。

この句集を読み終えて私の脳裡を過ったのは、戦後の歴史に刻まれるであろう三・一一東北大震災のことである。この天災が我々に投げかけたのは、人間と自然、人間と科学のありようである。前者に関して言うならば、自然への畏敬を忘れた現代人への痛切な一撃となった。後者でいうなら、原子力発電所の放射能汚染で示された科学万能主義への警告である。つまり、人間の精神性を忘れて物質のみを追いもとめる経済優先主義の現代への警鐘である。その弊害は、すでに日本の大都会を中心として、いじめ・自殺・貧困・孤独死などのかたちとなって広がっている。

一方我々が、震災・津波・放射能汚染という想像をはるかに超えた大事に遭遇した東北の人々に感銘したのは、大自然に対する祈りと家族・地域共同体の絆の強さである。このことによって、現在日本が失いつつある人間復権のヒントが、自然と共生して生きてきた、そしてこれからも生きていく地方にこそあるのではと考え始めている。このような状況を考えたとき、家族の絆や地方の生活や文化そして歴史を詠んだ風土色豊かな本句集は、現代を生きる人間にとって何が大切なのかということを静かに語りかけてくれる。

最後に、義春氏がこれらの特色を生かして、さらに豊かな作品をこれからも創造していくことを期待し序文に代えたいと思う。

平成二十八年五月吉日　霊峰若杉山を窓にして

「玄海」代表顧問　松永唯道

句集　穂波　目次

装丁　毛利一枝

句集　穂波

平成十六年〜十九年

去年今年堰越え流る穂波川

寒満月嬰児は深く母の胸

寒月や己が影踏む石の橋

長男に双子誕生　二句

泣く赤子囲んで破顔クロッカス

春の日をキックキックと赤子かな

我が庭の十鍬進めば春の川

雛となる母の作りし冠着て

風神に虎咆哮す初幟

亡き母の四葩傾けたる垣根かな

蔓枯れてなほ独り座す大西瓜

離村せし人も集ひて墓洗ふ

縁台に寝て銀漢の中に入る

長男結婚す

葡萄樹の下で契りし我が子かな

鰯雲穂波黄金の豊かな日

夜霧濃しピエロの面を横に置き

夜霧濃し愛してないと言ひし嘘

教室の灯消せば夜霧濃し

東京の次男入院の報

駆けつけし親は安堵の菊枕

蒼穹の下は立山なかまど

障子貼り礼法室に戻りけり

放送で教頭探す冬うらら

落葉焚く児らの笑顔が嬉しくて

黄落を額で受け行く少年期

北風へボール蹴り上ぐ裸足の子

平成二十年〜二十一年

英彦《ひこ》山の日を背負ひて来たり初鴉

初詣恋のみくじを横に見て

寒牡丹菰の翳なる緋の二輪

寒鯉の時には泥を打ちにけり

竹爆ぜてどつと沸き立つどんど焼

母の膝取り合ふ双子四温晴

一人泣き一人笑うて春時雨

小学校の同窓会

親慕ふごと集ひたり梅の宿

遺影なき妹想ふ遠き野火

アドレスを消すためらひに春の雷

担任を野花で埋め卒業す

めいめいの夢を絵にして卒業す

長き坂三年通ひ卒業す
男手で育てし人の卒業歌

夜桜や昔の人とすれ違ふ

空井戸に声を落して呼子鳥

一年生最初は「前へならい」から

母の日や母の頼るは嫁仏

麦秋の夕日に染まる家路かな

馴染みたる店閉ぢられし薄暑かな

台北旅行　二句

夏至台北観音読経龍山寺

旭光の湖の飯店蟬時雨

萍や淋しがりやで無信心

萍や水ある星に戦あり

職退いて独り居多し水馬

聞き流す事も大事や蠅叩

風鈴や昔の手紙読み返す

波に退く少しメタボな裸の子

足の砂足で払ひて浜日傘

河童忌や定規三角本四角

田川市石炭・歴史博物館にて　三句

炭住の六畳一間夏の月

炭坑《やま》跡に煙突二本雲の峰

幽霊と石炭《すみ》掘る噺夏の月

夏座敷天狗の鼻の帽子掛

父と子の少し離れて夏の月

父と子の話の接ぎ穂夏の月

父と子の柿に届かぬ竿の先

炭坑知らぬ娘の踊る炭坑節

来世をば三分信じて墓洗ふ

香春岳背に嫁ぎ来し生身魂

愚直をば貫き通し生身魂

独り居て哲学者めく星月夜

男独り観世音寺の秋を描く

神杉は天地の境天の川

手を合はす阿修羅の眉目秋涼し

秋澄むや書棚に置きし火焔土器

熊野道杖休めけり萩の宿

老翁の手を引く乙女萩の寺

露の世に今日のつとめの土おこす

何事も無かつた事に温め酒

照紅葉たどれば御座す光堂

十三夜素面で帰す訳いかぬ

柿の木や進学奨む師のありて

リーダーは常に魁稲雀

小春日や浮世離るる観覧車

酒蔵の古ぶ杉玉冬に入る

山の田は三角四角柿落葉

冬鷺の時の来るまで動かざり

父親は孤高が比《たぐ》ふ寒昴

極月やまなこ尖りし野良の猫

極月の流れに靡く藻の青さ
根深剝ぐ白き裸身の光るまで

新しき畳のごとく霜を踏む

白鷺の己を覗く冬の川

短日や明日に持ち越す鍬の土

相伝の一つに姑の晦日蕎麦

除夜の鐘地球の外は相対性

我が産声あげし頃とか除夜の鐘

平成二十二年～二十三年

初明りいつもの位置に遠比古嶺

初春の満ち潮に佇つ神の鹿

露坐仏の忘れ難きは雪女郎

風花や一字一石供養塔

火は風に風は火となるどんど焼

耐へかねて捨て身となりぬ冬の滝

山峡の奈落の村の吹雪かな

長女婚約す　三句

娘をさらふ男頼もし鏡餅

嫁ぐ日の暦の印春時雨

春燈招待状は五十枚

酒蔵に天窓二つ猫の恋

百姓はほどなく三戸春耕す

啓蟄や雲はんなりと濃く薄く
我もまたこの校歌にて卒業す

汪洋に春雲流す穂波川

春泥や昔花街本通り

志功彫る女は菩薩桃の花
花吹雪観音堂の鈴ならす

青春の哀しみの歌暮の春

杖草鞋商ふことも遍路宿

窓灯す菜の花色の春の燭

蒙古来し島に卯波とモンゴル村

大人びる少年の肩夏来る

調布の次男山形で結婚　二句

譬ふれば「ゲゲゲの女房」さくらんぼ

雪渓の蔵王の祝す二人かな

暁闇の遠くたしかに時鳥

人去れば走ると思ふ蝸牛

代掻くや小さきトラクター宥めつつ

打ち寄する波の先より夏の蝶

噴水や出会ひて別るターミナル

仲良しの喧嘩は一度かき氷

空蟬を土に還して石一つ

落ち落ちて水が水打つ滝しぶき
滝水の巌穿ちし時空かな

原発の神話崩壊熱帯夜

黄泉の世を照らしてをりぬ夏の月

玄関に南瓜転がる古刹かな

鼯飛ぶや測量起点常盤橋

墓洗ふ一つひとつに物語

臍の緒を切りて取り上ぐ西瓜かな

叱られて子は端に佇つ星月夜

炭労の旗は紅星流る

蟷螂の口で鎌砥ぐ風の中

蟷螂の後に退けない泣き所

清張の眼鏡の奥の秋思かな

ブロンズの笛吹く少女秋の風

紅葉照る龍馬通りし通学路

義兄逝去

今生の人を残して十三夜

鳥渡る炭坑の証の竪坑櫓

身に入むや単位は斤の炭券で

ソウル旅行　五句

日は暮るる銀杏黄葉のソウル街

方子《まさこ》妃の屋敷閑けき新松子

色変へぬ松の繁れる昌《チャン》徳《ドッ》宮《クン》

行く秋や景《キョン》福《ボッ》宮《クン》は石畳

暮るる秋親族いかに臨《イム》津《ジン》江《ガン》
秋祭氏子総出の注連作り

玉子二個上手に焼けて文化の日

志ん朝の落語聞いてる文化の日

この次は約束できぬ帰り花

落葉踏む音は独りがよく似合ふ

銀杏散る弥陀の半眼伏目がち

大根干す同じ形でみな違ふ

山茶花の紅の目にしむ退院日

猩々の舞乱れたる神の留守

極月の風に目を剝く奪衣婆や

息白しマラソンの子のその母も

やはらかく石の丸《まろ》みて冬日さす

葦原の枯れ一徹の一巨木

平成二十四年〜二十五年

水はみな海原めざす去年今年

恋心なしとは言へぬ賀状かな

父短気母根気享く初鏡

手毬唄絶えて昭和のはるかなり

山里の狼煙台跡四温光

寒鯉の木に登りたる水鏡

小雪舞ふ津和野殿町石畳

涸滝に滴る水音春隣

立春の光の中に雪霏霏と
野良猫の恋猫となる闇の奥

引鶴や特攻兵の遺書墨書

中学校クラス会

朋集ふ雛の面影なほ残し

菊葵二つ家紋の雛かな

陽炎や源氏の女みな不運

北海道旅行　四句

雪渓の一縷一水石狩川

惜春の小樽運河の似顔絵師

白樺の樹液豊かに春の音

春遅し乗合馬車はテスト中

千手小学校回想

春の雪とけて校歌を練習す

春愁や如来の像は一衣のみ

種を蒔くほどよき風の手を借りて

春昼や鱗はぐごと髭剃る

花の雨神楽の面の古き彩

杖ついて浴びるこの世の花明り

天皇とひばりの時代昭和の日

空よりも深きものなし鯉幟

母の日や勉学ならば金だせり

出雲旅行　三句

新樹燃ゆ恋占ひの神の池

勾玉の形日と月天の川

歌垣は男女の出逢ひらいてう忌

万緑や富貴寺大堂阿弥陀仏

働かぬ役目もありてふ蟻の列

絵馬堂の庇借りたる蟻地獄

吾が影の長き川面や夏薊

濡れ縁は昭和の時代蛍飛ぶ

行々子葭の穂先で四方眺む

赤瓦うかぶ馬関の大青田

白日傘高く翳して来りけり

リハビリの窓覗いてる合歓の花

義姉逝去

夏霧や濃き紅さして旅立てり

百姓の一人また消ゆ半夏生

天炎ゆる古代須恵器の登り窯

鯛や炭坑の俳句に炭坑の事故

墓詣声聞きたくて声かくる

ペンギンの水中飛んで星月夜

次男に男子誕生

隼人生る出羽筑前の月清し

水落ちて泡沫となる西郷忌

秋の蚊の片手で摑む軽さかな

一粒を噛みて確かむ稲穂かな

はたはたの飛ぶ方へ足を運びけり

次男長子宮参り　山形にて　四句

日晴子に「豊栄の舞」秋の宮

橅黄葉蔵王の空にゆるぎなし

橅黄葉うかぶ蔵王の露天風呂

磴千段登りて里は豊の秋

本堂に青き胡麻干す秋霖雨

晩菊や父は筑前母豊前

鳥渡る関門海峡水脈二つ

窯元の煙突四角小鳥来る

山里に石橋いくつ冬に入る

天地の土より大根引き離す

愚直な木一徹な斧冬銀河

帰り花この世に何か忘れ物

裸木となりて現る力瘤

初雪や待ち人の来る予感あり

かいつぶり首の振り子で川のぼる

冬の月心の闇の罪と罰

潮満つる音聞く島の春支度

棟上ぐる槌の音高し師走空

古稀の川越えて節目の日記買ふ
日向ぼこあの世なければ淋しかり

平成二十六年〜二十七年

遠比古に日矢を放ちし淑気かな

御降りに虹を賜る遠比古嶺

初鏡この顔でおし通すべし

青き踏む妻子ありとて寂しき日

揚雲雀今日は強気で行くつもり

雛の宿昔炭坑町宿場町

荒東風や光返して波のぼる
愛づる人ゐてこそ励む百千鳥

飛花は湖落花は吾に散りにけり

水鳥の長き水脈ひく朝桜

良寛の歌碑読む窯に花時雨

時来れば花の咲き満つ殉教碑

虚子愛でし扇桜の老舗宿

花の山この切株に父の坐し

春暁の雲はべらせて比古の嶺

少年に夢老人に春日かな

仮の世の波の朧に身を浮かせ

硬貨より紙幣の重さ万愚節

妻のゐて母ゐて子ゐて春愁

麦秋も炭坑もはるけき昭和の日

朴と碑の光陰刻む五十年

火のごとく生きて愁絶朴散華

吾にある炭坑の血少し夏祭

シナトラのステップ軽し夏帽子

水馬のふんばる脚に通り雨

掌に雨蛙連れ下校の子

渓底を洗ひ切つたる梅雨滂沱

山姥になりそこねたる蕁

せせらぎに聖歌加はる夏木立

梅天や日中不戦植樹の碑

鶏鳴の人の世拓き明易し

水統ぶる板三寸の大植田

傷なめて竹皮を脱ぐ少年期

でで虫の行く手遮る潦

紫陽花やこの坂曲れば母の家

クレーン車のくの字にたたむ炎暑かな

脚長の娘のよく笑ふソーダ水

白玉や最初で最後母の文

合歓の花あの山越えて娘の嫁ぎ

涼風のさざ波たてて曲りけり

金魚玉はさみ二人は恋敵

せせらぎも暮しの一つ天の川

墓洗ふ妻の戒名日づけ空け

死後はみな仰臥のかたちつくつくし

ポケットの小鈴と歩く露の道

ぼた山は名を持たぬ山つづれさせ

それぞれに帰る道ありねこじやらし

姑にやさしき妻や衣被

難民の長き行列露の旅

モラルからヒューマニズムへ草の花

一枚の棄田に拾ふ虫の声

散るやうに零れるやうに稲雀

鶺鴒の弾んで段を登るごと
和歌は恋漢詩は嘆きばつたんこ

洗心書道の若先生結婚式

婚祝ふ野菊晴てふ良き日かな

まづ空をほめて始まる運動会

身に入むやルオーの描く顔の黙

身に入むや住所不明といふ住所

父追悼　二句

如何にせん露も涙も落つるもの

厳父慈父ともに父なり鷹渡る

家で看ることを約束菊日和

オルガンは昭和の音色石蕗の花

早鞆に大砲五門秋寂びて

風さらふ木の葉を追うて風の笛

喪の家を通り過ぎたる小夜時雨

冬銀河寂として迫る那覇の海

すれ違ふ同じマフラー巻きし人

櫨紅葉灯す一隅冬礦

照り陰りして行雲の極月に

冬満月川遡る人の影

句集　穂波　畢

あとがき

平成十六年に小学校教員生活を無事終え、余生を如何に過ごそうかと考えました。家に田畑が少しありましたので、農作業の傍ら、俳句をやってみようと考えました。近所の穂波公民館に「水仙句会」のサークルがありましたので、大庭土筆先生より俳句の指導を受けたのが始まりでした。

いろんな経過を経て、平成二十七年に朝日カルチャーセンターの「俳句初級講座」で松永唯道先生の指導を受けることになりました。ある時、帰り道で松永先生から「句集を出してみないか。今までの俳句をまとめて、いろんな人の助言を得るのもいいよ」とのお誘いがありました。何時かは句集を出してみたいとは考えていましたので、妻に相談し、句集を出すことにしました。

私の近所には、小高い山の桜の名所「大将陣」があり、そこから遠く霊峰英彦山が望めます。その山の麓には旧長崎街道が通っています。私たちはその長崎街道を歩いて通学していました。また、大将陣からは嘉穂高校の校歌にもある「穂波川」が見下ろせます。その川の流れを下っていくと遠賀川になります。さらに近くには、今は草木が繁り昔の面影はあまりありませんが、筑豊富士と言われた住友忠隈炭鉱のぼた山があります。

私は、その大将陣や穂波川原を散歩しながら、よく俳句を作りました。退職して十年余、自分の句をこつこつ作り溜めました。そして、自分の好きな句を選んでみますと、自分の家族や周りの風景の句が多いことに気づきました。平成二十八年二月二日、長女に念願の嬰が生まれました。

大寒の静寂この世に生れし声

他の孫と同じように、この句を贈りました。

私の住所は、生まれた頃は「嘉穂郡穂波村楽市」と言っていました。日本でも有数の大きな村ということでした。中学生の時、「嘉穂郡穂波町楽市」となりました。近年、飯塚市と合併し、「飯塚市楽市」となり、町民にとっての伝統的な名「穂波」はみんなの住所から消えました。そこで、この句集の名前を「穂波」としました。

この句集は、各章ごとにほぼ四季順に配列しました。

この句集を上梓するにあたり、今まで俳句をご指導して頂いた、「穂波水仙句会」の大庭土筆先生、「自鳴鐘」主宰の寺井谷子先生、「菜殻火」主宰の野見山ひふみ先生、「二瀬句会」の松尾節朗先生、「玄海」主宰の松永唯道先生、「文學の森」の皆様、その他の多くの方々に心からお礼を申し上げます。

特に、松永先生の厳密な選句及び温かい励ましの序文に対して感謝の念に堪えません。

最後に、私の俳句を理解し、援助してくれる妻にお礼を申します。

平成二十八年五月

田中義春

著者略歴

田中義春（たなか・よしはる）

昭和19年(1944)　福岡県嘉穂郡穂波村大字楽市（現・飯塚市）生
昭和41年(1966)　福岡学芸大学（現・福岡教育大学）卒業
　　　　　　　　福岡市立金武小学校に赴任
平成16年(2004)　飯塚市立鯰田小学校定年退職
　　　　　　　　「穂波水仙句会」に参加
平成18年(2006)　「自鳴鐘」入会
平成20年(2008)　「菜殻火」入会
平成23年(2011)　「二瀬句会」に参加
平成27年(2015)　「玄海」入会
　　　　　　　　「睦の句会」世話人

現 住 所　〒820-0074　福岡県飯塚市楽市106
電　　話　0948-24-3171

句集 穂波《ほなみ》

平成二十八年八月七日　発行

著　者　田《た》中《なか》義《よし》春《はる》
発行者　大山基利
発行所　株式会社 文學の森
〒一六九-〇〇七五
東京都新宿区高田馬場二-一-二
田島ビル八階
電　話　〇三-五二九二-九一八八
FAX　〇三-五二九二-九一九九
ホームページ http://www.bungak.com

落丁・乱丁本はお取替えいたします。

印刷・製本　竹田　登

ISBN978-4-86438-549-7 C0092